HÉLIO GUSTAVO ALVES

Viajar por Letras

poesias, crônicas e pensamentos

LETRAMENTO

Copyright © 2021 by Editora Letramento
Copyright © 2021 by Hélio Gustavo Alves

Diretor Editorial | **Gustavo Abreu**
Diretor Administrativo | **Júnior Gaudereto**
Diretor Financeiro | **Cláudio Macedo**
Logística | **Vinícius Santiago**
Comunicação e Marketing | **Giulia Staar**
Assistente de Marketing | **Carol Pires**
Assistente Editorial | **Matteos Moreno e Sarah Júlia Guerra**
Designer Editorial | **Gustavo Zeferino e Luís Otávio Ferreira**
Revisão | **Daniel R. Aurelio — BARN Editorial**

Todos os direitos reservados. Não é permitida a reprodução desta obra sem aprovação do Grupo Editorial Letramento.

Dados Internacionais de Catalogação na Publicação (CIP) de acordo com ISBD

A474v	Alves, Hélio Gustavo
	Viajar por letras: poesias, crônicas e pensamentos / Hélio Gustavo Alves. - Belo Horizonte, MG : Letramento, 2021.
	154 p. ; 15,5cm x 22,5cm.
	ISBN: 978-65-5932-141-4
	1. Literatura brasileira. 2. Poesias. 3. Crônicas. 4. Pensamentos. I. Título.
2021-4469	CDD 869.8992
	CDU 821.134.3(81)

Elaborado por Vagner Rodolfo da Silva - CRB-8/9410

Índice para catálogo sistemático:
1. Literatura brasileira 869.8992
2. Literatura brasileira 821.134.3(81)

Rua Magnólia, 1086 | Bairro Caiçara
Belo Horizonte, Minas Gerais | CEP 30770-020
Telefone 31 3327-5771

editoraletramento.com.br • contato@editoraletramento.com.br • editoracasadodireito.com

Dedicatória

Dedico esta obra a Deus
por permitir-me a viajar pelo mundo
para ter tantas inspirações.

Aos meus filhos,
Luigi Hering Alves,
o Furacão,
com 4 aninhos de folia e alegria ímpar,
frases de impactos irradiantes e hilárias,
por vezes com olhares apaixonantes; e
Pietro Hering Alves,
o Risadinha,
com 2 aninhos espalhando seu sorriso contagiante,
coraçõezinhos desenhados com suas mãozinhas
e beijinhos lançados que arrepiam nossas almas.

A Bruna Hering,
mamãe de nossos filhos,
em que pese ser minha ex-esposa,
é sinônimo de amor, alegria e Fé!
Digo sempre que ela é um passarinho,
daqueles cantantes,
que sorriem com as asas e
encantam nossas almas.
Uma das pessoas mais lindas,
se não a mais linda alma que conheci na vida.
Mamãe exemplar e uma fortaleza de mulher:
É a Admirável e Linda mulher,
de dar inveja à protagonista do épico filme
Uma linda mulher.

Agradecimentos

Pessoas entram e saem de nossas vidas,
umas deixando manchas de alegrias
outras de tristezas e decepções,
porém, por
uma forma ou outra
trouxeram lições positivas e negativas.
Ambas me fizeram refletir, escrever esta obra,
e me fizeram crescer espiritualmente.
Nesse sentido,
presto minha homenagem
a todos que passaram pela minha vida e ressalto que,
mesmo as de forma negativa, deixaram algo positivo,
o crescimento.

Em especial aos meus colegas de trabalho
que, diariamente, são minhas fontes de inspiração
e base estrutural para o meu e o nosso crescer.

11	Prefácio	37	Aura
13	Nascimento de um filho!	38	Ser
14	Presente	39	Iluminado
15	Futuro	40	Cascais
16	Nunca deixou de existir	41	Prognóstico
17	O amor era tanto	42	De encantar
19	Amor de Alentejo	43	Praia da Luz
20	Lúdico	44	Você e Ele: é possível!
21	Porteiras	45	Balança da vida!
22	Douro	46	A vida é como a capoeira!
23	Nas mãos do Divino	47	Você por Você
24	Realização levitante	48	O reflexo
25	Incondicional	49	Simplesmente viver
26	Almas Loucas	50	Amor da Vila
27	Como o amor de Inês	51	Sentença falha
28	Farol de Nazaré e ela	52	Sensibilidade
30	Novo amor	53	Capital da intelectualidade
31	Amor de Figueira	54	Afago
32	Sensibilidade	55	Será?
33	Saudades de você!	56	Referencial dominante
34	Pausa	58	Finito
35	Orquestrada	59	Ingratidão
36	Química	60	Histórico pessoal

61	Aquele Axé	86	Limite da sensibilidade
62	Administrando somos mais fortes	87	O que me encanta?
		88	Porto seguro
64	A fatura da "evolução"	89	Sensibilidade poética
65	Ignorar a ciência	90	É com você!
66	Saudade!	91	Decisão
68	Como amor proibido	92	Ponderação dos sentimentos
69	Amor de improviso	93	Ela me faz despertar
70	Eita!	94	Morno ou poesia?
71	Era invisível	95	A cura
73	Furto da alma	96	Qual será o final?
74	Pandemia na inspiração	97	Amor roubado
75	Quarentena!	98	Abrindo a mente
76	E o final do filme?	99	Sequestrou-me
77	Amor de vínculo	100	A decisão é sua
78	Foco	101	Amo-te
79	Gratidão!	102	Tudo tem um tempo!
80	Ex Narciso	103	Amor de lareira
81	Posso escolher!	104	A decisão de viver é sua
82	Conjugação perfeita	105	Ares poéticos a Itália
83	A vida nos prega cada peça!	106	Pupilas de poesias
84	Forever!	107	(Im)perfeito sem você
85	Maternidade	108	Novos vasos de flores

109	Reciprocidade	132	Sentinela
110	Página virada	133	Passado do presente futuro
111	Velas aos ventos, que ventos?	134	Espelho
112	Irrecuperável	135	Degustar a vida
113	O princípio da elegância	136	Diferencial
114	Mude!	137	Capital mundial do amor
115	Festa à fantasia da vida	139	Amigos
116	Nós	140	Metamorfose
117	Caviloso	141	Livramento
118	Arrepios não me fascinam	142	Arco-íris
119	Que cena vivemos?	143	Livre de surpresas
120	Encontros	144	Infância resgatada
121	Quero o seu eu verdadeiro	145	Arrepio
122	Viva!	146	O recomeço faz parte!
123	É assim	147	Lado A lado A
124	Viajar no escritor	149	Covardia
125	Futuro	150	De verão a verão
126	Amor de lareira	151	Ele não falha
127	Amor do Porto	152	Trust in vibes!
128	Simples assim!	153	Fim
129	Lhe compreenda!		
130	Sinal!		
131	Irrecuperável		

Prefácio

Hélio Gustavo Alves é daqueles raros autores que conseguem transitar entre carreiras que, embora distintas, em algum momento da vida se encontram como duas retas paralelas que em algum momento da existência se cruzam. Me refiro ao jurista e ao poeta.

Com uma consolidada carreira jurídica como advogado, doutrinador e professor, Hélio Gustavo Alves é nome conhecido nacional e internacionalmente, com inúmeros trabalhos realizados em terras além das fronteiras desse país continental chamado Brasil.

Obviamente, este prólogo, nem se quisesse, conseguiria fazer justiça ao peculiar talento do autor de se reinventar a cada obra, seja na esfera jurídica, seja na poesia.

Consagrado autor de obras jurídicas, Hélio Gustavo Alves nos oferece uma singular experiência em sua mais nova obra: *Viajar por letras*.

A presente obra nos brinda e revela a apurada sensibilidade literária do autor, nos apresentando, de forma leve e instigante, poemas que transitam do romantismo para a crônica cotidiana e até o conto. A obra nos faz um irrecusável convite para a necessária reflexão a respeito da vida, do amor e da própria existência.

Embora de leitura leve, o presente livro, antes de tudo, revela uma obra com essência, com alma. Por esse motivo, o leitor deve lê-lo com compromisso e interesse, extraindo, a cada página, sua mensagem fundamental.

A cada poema, a sublime evidência do amor do autor pelas terras do Alentejo. Lembranças de um Portugal das ladeiras íngremes, do fado e do vinho do Porto. E o que dizer de Coimbra! Sem dúvida, uma verdadeira declaração de amor.

Ao leitor, é inevitável a identificação de passagens da vida de cada um. Está tudo lá: os amores, a saudade, as experiências, a gratidão.

A obra fundamentalmente saiu do coração do autor. Fruto das suas recentes experiências, viagens, amores e desamores. Uma obra que acalanta e comove. Uma obra a ser lida e sentida.

Viva Hélio, viva a poesia.

A todos, uma boa leitura.

ALEX SERTÃO

Professor de Regime Próprio de Previdência Social, auditor de Controle Externo do TCE/PI, palestrante, articulista e amante da vida.

Nascimento de um filho!

O ar será dividido
os olhares serão tomados
nossa atenção será furtada
os pensamentos serão capturados
nosso coração será invadido
os sentidos serão + aguçados
será?
Sim serão.

Presente

Nem tudo que está presente
é presente!

Futuro

Aos olhos
és indefeso
no colo
és frágil
ao futuro
és um gigante de esperança!

Nunca deixou de existir

Mesmo longe,
sem perceber
estávamos perto,
sim,
nosso amor
estava apenas adormecido!

Pois bastou nos reencontramos,
e...
veio a insanidade
o amor insano acendeu
e nosso segredo
tornou-se a ficar exposto
enfim, deu, não aguentei
e gritei: Te amei, te amo e te amarei
Sim
Sempre te amarei!

O amor era tanto*

De forma leve nos reencontramos,
conversamos sobre a vida e nos despedimos.

Ficamos na (in)consciência por dias e não aguentamos,
provocamos de forma (in)consequente um novo reencontro.

O que era para ser um simples reencontro final, houve
um novo reencontro de um reinicio de amor.

Mais uma vez, de forma (in)consequente, um novo
reencontro, lindo e longo reencontro por terras
românticas com aromas de vinhas, mares e amor!

Prova tirada, era amor, de verdade, definitivamente
e infinitamente era amor.

Dias juntos e tudo perfeito, maravilhosos como as
notas de um belo piano ou do inesquecível pôr do
sol ao som das ondas do mar de Nazaré.

Sim, nosso amor era intenso, firme, forte e
perfeito como as ondas de Nazaré!

Mas não era fácil "dropar" as ondas do nosso amor; havia o
medo, a insegurança e o desconhecido que iríamos encontrar
pela frente, poderia ser uma "vaca"(queda) no meio da pesada
espuma da onda ou um surf na onda mais que perfeita… e viver
na memória todos os bons momentos da onda perfeita onda.

Mas é dia de despedida e saímos sem saber se devemos
ou não nos jogarmos neste mar de ondas intensas,
fortes e grandes… Vale a pena arriscar?

Pode ser uma "vaca" sem retorno ou o drope da melhor
e maior onda da vida, ou podemos não entrar neste
mar do amor e viver sem saber como seria o drope de
nosso amor: se perfeito ou uma péssima decisão.

Temos a chance de nos jogarmos neste mar de amor,

Foi-se, a onda passou e não nos jogamos...

Como dizia Fernando Pessoa no poema "Preságio":
"O amor, quando se revela,
Não se sabe revelar."

É, o amor se revelou,
porém, era tanto,
que não se concretizou.

*Escrito em Portugal – no prédio onde eram impressas as poesias de Fernando Pessoa com um fundo musical de piano, tudo perfeito!

Amor de Alentejo

Eu,
você,
um fado
e um vinho...
Basta para nós...!

viajar por Letras | hélio gustavo alves

LÚDICO

Fado… ah fado…
Lança o amor em canções,
que tocam nossos corações,
os olhares se cruzam
nos contagiando de emoções,
as letras nos trazem refrãos,
de como viver o amor
repleto de paixões!

Porteiras

Existe outra vida?
É uma reflexão de toda vida.
Toda gente busca saber se... existe outra vida.
Que perda de tempo!
Sei que a vida é um presente,
Por isso, quero viver o presente
Para no futuro não se arrepender.
Abra as portas e janelas de sua vida
E viva.

Douro

Rio Douro
banha as vinhas coloridas de outono
enchendo os olhos dos apaixonados,
suas uvas crescem
ouvindo o fado de Mariza,
lançados pelos sons dos veículos
que percorrem
as belas estradas da serra,
fazendo do seu suco
vinhos tão suaves,
intensos e vermelhos
como o amor.
O Douro Vinhateiro
é na verdade,
o rio do amor!

Nas mãos do Divino

Minha parte foi feita,
me joguei de cabeça,
fui ao extremo,
sem medo de arrepender-me
pois acreditei... e como acreditei!
Aliás, acredito!
O futuro,
como será não sei,
mas está nas mãos de Deus
e O que Decidir...
Sei que foi em busca
do melhor para a Paz espiritual!

Realização levitante

Final de tarde na avenida Paulista
carros, motos, ônibus, patinetes
e gente,
muita gente...
Mistura de ruídos entram na mente como se mantra fosse,
levito pela calçada
enxergo um horizonte... longe, longe
estou tão distante por estar perto,
muito perto
de minha felicidade profissional!

Incondicional

Liberte quem está preso a ti
E se libertará de que quem
está lhe prendendo.

Viajar por Letras | Hélio Gustavo Alves

Almas Loucas

Com pétalas de rosas nosso amor é recepcionado e
Com um cantinho especial somos agraciados.
Um belo espumante chega para emocionar nosso olhar,
encantar nosso beijar e aflorar nosso amar.
Difícil definir o que está a se passar
Se é a energia do lugar
Se é a luz do luar ou
Simplesmente os nossos corações a pulsar.
Não sabemos o que está acontecendo,
mas temos ciência que estamos morrendo...
De amor ou de amar.
Independente do que está a nos inquietar
Vivemos aquele momento
Que de todas as formas agiu
Para nos desconcertar ou
Para nos desconcentrar
Para nos tirar do centro e do controle
De qualquer estado de sanidade
Com o qual pudéssemos contar,
Sanidade ou insanidade...
Jamais saberemos
A certeza é que nossa loucura foi amor de verdade
Verdadeiro e, sem dúvidas, derradeiro
Para definitivamente sabermos
Que não tem jeito: é eterno!

Como o amor de Inês

Tão proibido como de Inês e Pedro
nosso amor se iniciou,
amor de primeira vista
que loucamente nos arrepiou.

Como Inês e Pedro
insanamente
corríamos qualquer risco
para escondidos nos amarmos
perdidamente.

Era visível
tratava-se de um amor impossível
o calor desta paixão era tanto
que não conseguíamos
deixar de viver este amor...
que deveria ser banido.

A situação atual não permitia
abandonarmos nossas vidas
para eternamente nos amarmos.
Resolvemos prorrogar
pois frente ao forte amar
sabíamos que no futuro
iríamos nos encontrar.

Passaram-se anos e anos e...
do nada o destino fez o reencontrar.
Olhares cruzados... aquele de suspirar
ambos desimpedidos
e diferente de Inês e Pedro
estávamos vivos e livres
para no mundo
eternamente e loucamente
vivermos este lindo amar!

Farol de Nazaré e ela

Nazaré
Das milagrosas redes de pescas,
da linda tradição das "Artes Xávegas"
e das coloridas peixarias das setes saias.

Sim, Nazaré é a terra Santa e Milagrosa,
em que Nossa Senhora impediu
o cavalo do fidalgo D. Fuas Roupinho
de se lançar no precipício,
que desde 1182 tem no Miradouro do Suberco
o sinal deixado na rocha pela ferradura que derrapou.

Nazaré
Dos mares de ondas gigantes
do pôr do sol alucinante,
romântica pelas ruas estreitas,
perpendiculares à praia,
propícias para pausar e degustar,
nos aconchegantes restaurantes,
um prato de marisco fresco,
peixe grelhado
ou uma apetitosa caldeirada
regada a um vinho branco gelado!

E por seu romantismo,
É para, ao cair da tarde,
namorar com o visual do vermelho pôr do sol,
do alto da falésia no amante Farol,
com vista para o lindo mar,
onde o sol vai se apagando
e as luzes da cidade vão se acendendo.
Com o anoitecer,
o mar vai clareando com a lua cheia cor de prata,
que quando espelhada no oceano,
parece um véu de noiva da sua amada
com a qual pretender se casar.

Ah, Nazaré,
você é inexplicável e inesquecível!

Novo amor

O inverno passa…
Vem o Sol e que venha…
Venha
Brilhar minha alma
Iluminar minhas pupilas
Bronzear minha pele
Aquecer meu coração
Para eu encontrar…
Encontrar o meu próximo amar!

Amor de Figueira

Ela é conhecida como
a rainha das praias de Portugal,
ouso a dizer que seria a
Califórnia Portuguesa ou
Copacabana de Portugal!

Terra da boa conversa,
do encontro dos artistas
relembrando o tradicional festival de cinema
que rolou de 1972 a 2002.

Ondas do surf clássico de longboard,
da boa "vibe" com surfistas de todo o mundo!

Cidade do mais antigo Cassino da Península Ibérica,
o Cassino Figueira da Foz, inaugurado em 1884.

Das lindas e românticas marinas,
que ao calado de um veleiro
eu possa amar ao pôr do sol,
e beijar a minha amada
com a boca gelada e frisante
do gelado espumante
lá de Mealhada.

Sim, linda, histórica, artística e boêmia…
Mas não me encantaria
se não tivesse com ela vivido.

Sensibilidade

Para a evolução humana,
o mundo precisa ser
visualizado e refletido,
mas acima de tudo,
sentido!

Viajar por Letras | Hélio Gustavo Alves

Saudades de você!

Final de tarde em Ipanema
céu avermelhado
água salgada na pele
do quente banho de mar.

Relaxando à beira-mar
brisa vem
refresca a mente
aflora as ideias
e me leva longe…
Longe, longe.

Olhos ao horizonte
e ao invés das ondas
enxergo somente o pensar.

Na memória,
um mix de sentimentos,
que traz uma saudade enorme
de seus perfumes e sabores.
Sim,
sinto muito saudades dos meus Açores!

Pausa

Madrugada...
Entendo-a,
seu tempo será
muito maior nesta vida!

Orquestrada

Cantos,
Contos
E
Encantos!
É assim que sempre lhe encontro!
Portugal é assim,
Dos belos cantos, contos e encantos!

Química

Se bateu, bateu
se não bateu esquece e
Desaparece!

viajar por Letras | HÉLIO GUSTAVO ALVES

Aura

Ouvi
todas as cores em você!

viajar por Letras | Hélio Gustavo Alves

Ser

A vida não é feita pelo e para os
razoáveis,
pois somente terá sentido aos irrazoáveis.
Aliás, estou sem paciência para os
razoáveis!

Iluminado

Ainda que pelas ruas nuas e escuras, os pensamentos jamais estarão na escuridão!

viajar por letras | hélio gustavo alves

Cascais

Como em Cascais é lindo amar
vendo as ondas
concomitantemente
beijando as areias do mar!

Só quem ama nesta terra à beira-mar,
vai entender o que é amar!

Prognóstico

O passado lhe mostra o futuro
e se ignorado,
dolorosamente,
o futuro confirmará o passado incógnito.

De encantar

Por este móvel mundo
viajo a Portugal,
da sardinha ao bacalhau
vinhos verdes, brancos, tintos,
sobremesas de salivar e
vinho do porto para finalizar.
Encantado vou buscar
um fado no luar,
e para não esquecer do amar,
nela não deixo de pensar!

Praia da Luz

Praia da Luz
pôr do sol avermelhado
que refletido em seus olhos
lhe deixam com o olhar de amar
apaixonante,
não contenho a vontade
de lhe beijar.

Seu perfume
misturado com o cheiro de mar
faz meu corpo arrepiar,
em que pese a tarde de encantar
meus olhos dela
não consigo tirar!

Sim,
quero rapidamente ir embora
só para loucamente lhe amar!

Você e Ele: é possível!

– Imaginei fazer Direito!
✓ Fiz.

Imaginei fazer pós-graduação!
✓ Fiz.

Imaginei fazer Mestrado!
✓ Fiz.

Imaginei fazer Doutorado!
✓ Fiz.

Imaginei fazer Pós-Doutorado em COIMBRA, PORTUGAL!
✓ Fiz.

Imagine Coordenar uma Pós-Graduação e um Pós-Doutorado Internacional em COIMBRA, PORTUGAL!
SIM... Coordenei
✓ Claro, almejei, lutei e fiz!

Mas sempre crendo que DEUS ESTAVA A ABRIR TODAS AS PORTAS. REALMENTE ELE EXISTE!

Balança da vida!

Você pode acertar mil vezes
mas um erro, apenas um,
e sumariamente sua credibilidade,
cairá por terra
e a recíproca...
Pois é,
a crítica,
nem sempre é verdadeira.
Sim, fato é que: valores não têm o mesmo peso!

A VIDA É COMO A CAPOEIRA!

É roda de capoeira
berimbau, atabaque e cantoria,
suor, gingado e o jogo jogado,
as vezes "quebra gereba",
mas o sorriso do capoeira
fala mais alto,
sim,
capoeira que é capoeira
sabe que cair é aprendizado,
para nunca mais vacilar,
sim
capoeira que é capoeira sabe que cair
faz parte da roda,
mas levantar,
faz parte da humildade
e do recomeçar o jogo!

Você por Você

A interpretação que as
pessoas têm de você
estão ligadas ao consciente delas.
Então, dane-se o que pensam,
o importante é preocupar-se
com seu verdadeiro eu!

O REFLEXO

Qual mundo prefere destacar de um ser humano,
suas virtudes ou falhas?
– Se você julgado: as virtudes.
– Se o outro: as falhas!
Julgue o próximo como gostaria de ser julgado!

Simplesmente viver

Uns falam da sua vida,
outros tentam viver a sua vida e
alguns a cuidar de sua vida!

Que tal viver a vida como eu vivo?
Vivendo, apenas vivendo!
É tão mais simples!

Amor da Vila

Amor,
ao extremo de Portugal
na Vila do Bispo
quero ter nossa casinha
com um quintal
ao alto de uma de suas colinas,
para viver ao seu lado
os mais belos
nascer e pôr do sol
com céu avermelhado,
mar azul esverdeado,
para eternamente vivermos
o nosso suspirar
e o olhar apaixonado!

E ao cair da noite
com um vinho branco
ao som das ondas,
o brilho da lua
e da romântica luz do farol,
quero ver a noite passar
sem um minuto deixar de lhe amar, admirar e beijar
até o dia voltar a brilhar!

Sim, amor,
é neste paraíso que quero viver,
vivê-la e tê-la,
até o dia que um de nós
subirmos para estar
ao lado das estrelas,
para de noite em nosso quintal
ao céu nos namorarmos.

Sentença falha

Os que procuram a justiça são humanos,
portanto,
se desconhece os Direitos Humanos.
não há como se fazer Justiça.

Viajar por Letras | Hélio Gustavo Alves

Sensibilidade

Elegância,
é a inteligência
do senso do abuso!

Capital da intelectualidade

Nas esquinas de Coimbra
escorrem continentes
em busca
da evolução da mente.

É gente de todas as gentes,
é povo de todos os povos,
é língua de todas as línguas
expressando-se
com a nossa língua.

Aos ouvidos
entram sotaques e
línguas estrangeiras,
com canções,
declamações
e recitações
comemorando o dia
pelas belas lições.

Afago

A memória aromática
do jornal
do livro,
do disco,
da carta rasgada,
do giz na sala da aula,
do café passado,
do bolo de fubá no forno,
do jantar a mesa,
faz lembrar...
como as pessoas
eram mais próximas!

Será?

Dizem que o
presente e o futuro
será digital e distante.
Será que o amor
também será virtual?

Referencial dominante

Mulher firme numa reunião
e o comentário: postura de homem.

Mulher executiva viajando pelo mundo
e o comentário: parece homem.

Mulher em audiência em brava sustentação oral
e o comentário: parece até um AdvogadO.

Mulher em pé por mais de 10 horas realizando uma cirurgia
e o comentário: nem cirurgião aguenta.

Mulher dirigindo uma carreta
e comentário: isso é coisa para homem.

Mulher pilotando um avião
e o comentário: isso não é profissão para mulher.

Enfim,
inúmeros comentários de que
as mulheres copiam ou tentam ser iguais os homens,
porém,
– Quantas mães já viu:
Defendendo bravamente seus filhos?
– Quantas mães já viu:
Educando firmemente seus filhos?
– Quantas mães já viu:
Em reuniões de escola, com sangue nos olhos, demonstrando que seus filhos tem outras qualidades que poderiam ser exploradas?
Sim, já viu muitas mães poderosas, né!
Sim,
elas são poderosas.

É desde o parto que vem
o primeiro referencial de força da mulher
que qualquer ser humano percebe,
mesmo que instintivamente.

Sim, é da mãe
que vêm os primeiros referenciais de força
e determinação de uma criança.

Depois,
as primeiras vozes de comando
por vezes firmes, muito firmes,
vem das ProfessorAs nas escolas,
ou seja,
mais uma vez as mulheres na formação de homens.

Assim,
se tem quem aprende desde a infância
a ser: firme, bravo, guerreiro,
bem como a ter:
olhar firme, postura forte,
são os homens com suas
Mães,
Professoras e outras mulheres que passaram por suas vidas.

Portanto, entenda:
As Mulheres fizeram os Homens para enfrentar o mundo,
e não os homens que fizeram as mulheres para
enfrentar mundo!
Portanto, entenda:
A mulher pode estar e ser onde e quem ela quiser!

Finito

O AFETO É PLENO SE RECÍPROCO,
SE INDIVIDUAL, TORNA-SE CONTEMPTO.

Ingratidão

Quem esquece o passado vivido contigo, jamais valorizará vosso futuro!

Viajar por Letras | Hélio Gustavo Alves

Histórico pessoal

Seu cargo é transitório seus atos são eternos!

AQUELE AXÉ

Bahia...
Ahhh Bahia linda...
de um povo alegre, receptivo,
que abraça, que beija
olha nos olhos
e enxerga nossa alma.

Ahhh povo baiano lindo...
que não sossega enquanto
não tira de nosso rosto
um largo sorriso,
daqueles leves e soltos
que se fotografado,
transmitirá eternamente o ápice da alegria.

Ahhh Bahia...
Que faz dos baianos
um povo que marca em nossas vidas!

Ahh terra boa...
não há única vez que voltei da Bahia
sem ter guardado na gaveta de meu coração
a alma, o sorriso e a energia
de novos amigos baianos que lá fiz.

Ahh Gente...
Quer ter um amigo eterno e sincero?
Vá para Bahia que certamente
encontrará um daqueles,
que mudará sua energia e visão de vida.

Mas cuide para de lá
não mais
à sua cidade voltar.

Administrando somos mais fortes

A vida está indo bem...
Trabalhando, produzindo
marido e mulher
cada um com seu papel
filhos pequenos e sadios crescendo.
Bem, muito bem...

Parte social mais ativa que nunca,
a missão sendo cumprida.
Bem, muito bem...

Tudo certo, surfando na vida
como na onda perfeita,
retornando feliz
para pegar mais uma onda.
Bem, muito bem...

Bem... estava muito bem...
mas de repente vem uma série (de ondas)
remo, remo e não saio do lugar,
parece que o mar deseja expulsar-me.
Mal, muito mal...

Tenho que administrar
respirar, buscar o canal
para a arrebentação do mar ultrapassar.
Mal, muito mal...

Por ora penso em desistir,
Porém, respiro e reflito:
sei que a série de ondas passará,
basta só administrar,
só administrar e
em águas tranquilas
a arrebentação ultrapassar.
Bem, muito bem...

Pois é, na analogia,
filhos pequenos, pais, avós
desespero vem,
num piscar, penso que
o nosso mundo pode acabar,
mas sei bem que...
Sei bem que você passará
como a série do mar,
sei bem que...
o que nos resta é administrar
respirar, buscar o canal
para a arrebentação ultrapassar.
Bem, muito bem...

Coronavírus, pois saiba que...
Nós iremos lhe ultrapassar
e voltar a viver,
bem viver...
A viver bem com nossos maiores bens,
que são nossos pares,
"os seres humanos".

Sim, nós, seres humanos
somos superiores a qualquer vírus,
basta administrar, respirar, pensar,
e buscar a saída.
Seja QUARENTENA ou LOCKDOWN
nossa parte vamos fazer.

Nós podemos ser mais fortes
na ciência acreditar
para com toda esta história
vacinados ficar,
pois sei que Deus nos deixou
para qualquer problema enfrentar.

A FATURA DA "EVOLUÇÃO"

Árvore lá fora
fruto caindo
meu filho pede para pegar
mas a quarentena não quer deixar.

Natureza?
Não tenho mais acesso
é como se estivesse vendo árvores pela TV,
sem poder tocar, cheirar
e subir para fruta apanhar.

Esse é o futuro?
Quero voltar ao passado, tem como?
Não!
Pois descobri então o que significa ser zumbi
Sou um vivo morto!
Triste presente.

Ignorar a ciência

1. Pandemia: enfermidade epidêmica amplamente disseminada assumida pela ciência.
2. Combate à pandemia: Isolamento social, recomendado pela ciência.
3. Objetivo da quarentena: Evitar a contaminação generalizada.

Nesse sentido, "um líder" permitir aglomerações, inclusive religiosas, é IGNORAR a ciência, aliás, é um ato de atrocidade e um desrespeito ao Princípio da Precaução e da Dignidade da Pessoa Humana, é um crime previsto no Código Penal Brasileiro em seu art. 132: "Expor a vida ou a saúde de outrem a perigo direto e iminente".

Além de crime é uma insanidade ignorar a CIÊNCIA.

Saudade!

Os dicionários definem como: sentimento melancólico
devido ao afastamento de uma pessoa, uma coisa ou um
lugar, ou à ausência de experiências prazerosas já vividas.

Saudade é o que a pandemia de pior trouxe,
sim, nos afastou de pessoas, coisas ou lugares.

A pandemia nos puniu
com a ausência de experiências prazerosas
que poderíamos viver para ter saudade.
A saudade não existe
se a vida não deixou belas recordações.

A pandemia trouxe um hiato em nossas vidas,
estamos vivendo como zumbis,
adormecidos.
Triste, não?

Mas tenho percebido que a pandemia,
sem perceber, trouxe seu ponto positivo,
sim, fez com que as pessoas
sentissem saudade de um abraço,
do beijo, do olhar, do sentir, do observar,
de viver a pessoalidade
nos almoços, jantares, brindes etc.

A pandemia nos trouxe a saudade
do encontro e reencontro com pessoas.

A pandemia trouxe a vontade de visitar "pessoalmente"
nossos pais, famílias, amigos,
porém, neste momento,
mesmo que queiramos o contato,
esse tal de contato pessoal,
terá de ser somente pela internet.

Aliás, será que não estávamos
vivendo o isolamento virtual antes da pandemia?

Portanto, deixe que a pandemia traga como saudade
a lembrança de que somos pessoas,
e que devemos nos amar "pessoalmente"
e não "virtualmente" como estava ocorrendo antes da COVID-19.

A vontade é louca,
mas, frente à COVID-19 não podemos viajar.
Portanto, após a pandemia
não lhe furte o direito
de voar, navegar e andar para
lugares, pessoas e culturas
apreciar, degustar e levitar.

A mensagem é para que
a COVID-19 deixe como saudade
a forma de como não devo viver,
ou seja, preso num mundo virtual.

Viva, viva, viva a vida pós pandemia
de forma vivida,
passeie, beije, abrace e brinde
olhando no fundo dos olhos do outro e diga:
é muito bom estar aqui,
ao ar livre,
brindando a vida com você!
Viva!

E eu, louco
para viver a vida pós Pandemia,
coloco-me a disposição
para brindarmos pessoalmente a vida
regados a champanhe!
Tim Tim!

OBS: Escrito em 30/03/2020

Como amor proibido

Da janela
de tão perfeita
vejo a tulipa vermelha se abrir,
ao sol bater em suas pétalas,
enxergo seu veludo
e os pólens amarelos.

Impossibilitado de sair
frente à pandemia,
sinto que vivo um amor proibido:
nos amamos,
mas não podemos nos tocar,
o perfume sentir e nem nos sentir
enfim, não podemos nos amar.

Amor de improviso

Eis que…
apareceu,
viveu e partiu.

Se foi bom ou ruim,
não sei,
sumiu,
mas marcou e eternizou.

EITA!

Abraçar, beijar,
respirar e inspirar o amor
agarrado, colado, enroscado.

Eram sentimentos e atos
tão simples de realizar,
que pela facilidade,
perdeu-se muito
o seu encantar.

É,
não era amor de amar
era só de ficar.

Era invisível

Passávamos direto,
aliás, desprezávamos
ao ver
um cantor ou um artista de rua,
sem sentir qualquer emoção.

Agora,
A única maneira de sentir
a lembrança do gosto de beijo,
do abraço apertado,
do calor da boca,
é através do lúdico
lido nas poesias ou
das músicas que entram pela janela.

Sim,
a única maneira de assistir ou ouvir
ao vivo uma música ou um instrumento solo
é pela sacada do prédio ou da janela de sua casa.
Nunca valorizamos e nos emocionamos tanto!

Pandemia...
Que saudade da vida!
Saudades do viver com você,
pelas ruas, praias,
bares, praças, enfim,
saudades de viver você,
com você
perto de você,
respirando e inspirando o cheiro de chuva,
parar na rua para abraçados
assistir a arte de rua,
ou ouvir o músico cantando e
tocando nossas almas, sim...

Com a volta da vida,
quero ouvir e vivê-la
de forma vivida,
degustada.
emocionada.

Furto da alma

Quem faz uso de uma ciência
sem a devida qualificação
para obter lucro,
além de estelionatário,
tem, sem dúvidas,
um grande nível de psicopatia,
por não demonstrar preocupação alguma
com dano que pode gerar ao outro,
apenas por dinheiro.

Pandemia na inspiração

Que poesia escrever
se não tenho o meu viver,
pois não vejo mais o amanhecer,
o pôr do sol ao entardecer,
e a lua no anoitecer.

Não posso mais buscar
um lugar para me inspirar,
nem sei como alcançar
pensamentos futuros para poetar,
a única forma de poesias lançar
é em nosso passado pensar.

Por enquanto,
ao futuro me resta
é aguardar o apaziguar
para aos poucos sair a caminhar,
respirar e inspirar
para muitas poesias criar.

Quarentena!

O momento é de reclusão,
mas de repente,
sobram palavras,
graduados viram doutores em "lives",
alguns se acham cientistas políticos,
outros infectologistas, economistas e
para finalizar,
há aqueles que têm
a solução para zorra toda!

Despreparo, falácias e engodos,
é o que mais tenho assistido
nas mídias sociais, sim,
a quarentena trouxe o isolamento físico,
porém, as "lives" apresentaram
"o espéculo da ignorância midiática".

Para muitos,
sugiro a reclusão mental e espiritual
e aproveite a quarentena
para evoluir o intelectual e a alma.

Antes de entrar ao palco,
ensaie, preparar-se, enfim
estude para uma boa apresentação.

Que tal entendermos os sinais?
Talvez a pandemia
veio para trazer a quarentena
com o objetivo de fazer voltarmos aos ensaios
para melhor atuarmos na vida.

E O FINAL DO FILME?

Início, meio e …
Não, nem tudo tem um fim.
Pessoas podem de repente,
partir sem viver, sentir e ver o final.

Sem um final,
fica um vazio,
por não sabermos
qual seria a cena posterior,
se triste ou feliz.

Está a perceber a dor?
Pois foi esse o final,
literalmente dolorido,
por vivermos sem saber
qual seria o fim.
É, enfim,
acabou sem fim!

Amor de Vínculo

Primeiro de maio!
Dia Internacional do Trabalhador,
que até então o coadjuvante ator
era o empregado e talvez o empregador, mas hoje há outro ator,
que vem trazendo muita dor,
em ambos, empregado e empregador.

COVID-19 é o nome deste novel ator,
que contaminou a vida do empregado e empregador,
sim, tentou, mas ao invés de os separar, na dor e com a dor
os uniu e fortaleceu o laço entre
empregado e empregador.

Sim, a COVID-19 os matar tentou,
mas jamais imaginou
que todos iriam se unir
empregado e empregador
para salvar
vosso grande vínculo de amor
que se chama labor.

Obs: Parabenizo todos trabalhadores que tiveram que deixar seus familiares em casa para atender as necessidades da sociedade, principalmente os profissionais da Saúde.

Foco

A vaidade não pode ser maior que o ideal,
senão, será derrotado por falta de inteligência emocional.

Pois retroagir, refletir e
buscar novos caminhos
também faz parte da gestão estratégica.

Não foque no problema,
mas sim no ideal, sempre no ideal.

Gratidão!

Pouco ou muito,
não interessa,
se sei viver bem
com o que tenho para o momento,
sempre irei apreciar e degustar a vida que tenho!

Apreciar
é o segredo
para degustar
tudo o que a vida lhe oferta!

Ex Narciso

Não se vitimize, arrume desculpas, culpe alguém ou algo
pelo seu fracasso ou falhas,
pois confirmará sua falta de humildade
em reconhecer seus desregramentos
e a falta de sensibilidade
para trabalhar em equipe.

Seu colega de trabalho,
talvez,
esteja sendo seu espelho,
mostrando suas imperfeições
ou esteja mentindo.

Ok,
pare, respire
ouça a crítica
e se vista sempre com o melhor
para uma nova vida.

Posso escolher!

Imaginem um prédio
com vários apartamentos vazios, idênticos.

Os moradores começam a mobiliar,
uns contratam arquitetos,
outros fazem a própria decoração.

Após todos apartamentos prontos,
se veja entrando em cada um deles e sinta a energia!

Alguns, por mais bela que seja a decoração
é frio, sem alma, outros,
em que pese com uma decoração mais simples
é cheio de vida, com uma vibe boa
e outros com bela ou simples decoração
é indiferente, nada sentiu.

Assim é o ser humano, idênticos,
uns são frios, indiferentes, somem de sua vida e nem percebe,
outros são marcantes de forma negativa,
sempre lembrará que existe energia ruim,
mas há aqueles que são especiais, marcam, são intensos
e tornam-se inesquecíveis.
Que delícia!

Você é livre, pode ter escolhas!
Então que tal viver somente dentro de imóveis e com pessoas
especiais, quentes, marcantes e aconchegantes?

Conjugação perfeita

O mais importante de tudo: é você!

Como interpretou esta frase?
– Se entendeu na 1ª pessoa do singular (eu),
se importa mais consigo do que com o outro.
– Caso tenha entendido na 2ª pessoa do singular,
o outro é mais importante do você.

Para viver melhor com o próximo, que tal
deixar de ser singular e virar plural?

O mais importante de tudo: somos nós!

A VIDA NOS PREGA CADA PEÇA!

Quem nunca teve este sentimento?
Pois é, mas qual peça tem enxergado?
Sim, pela situação triste, desagradável ou desconfortável
vem automaticamente somente momentos trágicos.
Mas é possível enfrentar "a peça" de forma positiva e aproveitar
o momento para novos horizontes?
Sim, óbvio que sim!

✓ Roubaram meu carro, puxa vida!
– Ao menos não levaram minha vida,
trabalharei para comprar outro!

✓ Descobri que estou com câncer, puxa vida!
– Ainda bem que foi descoberto antes da fase terminal,
terei a chance de buscar os tratamentos!

✓ Perdi o emprego, puxa vida!
– Que ótimo, poderei procurar outro emprego com novos desafios
e buscar melhor colocação!

Talvez o imprevisto seja uma resposta para refletir sobre sua vida,
lhe tirar da zona de conforto
ou mesmo para fazer de você
o protagonista desta nova peça!

Enfim, têm dois caminhos a escolher,
sentar e lamentar
ou levantar a cabeça e seguir
neste novo caminho que a vida lhe proporcionou!
Pois é, A VIDA NOS PREGA CADA PEÇA!
"Bora" viver como ator principal esta bela e emocionante vida?

Forever!

Ai que saudades
do viver, ser e estar!

Onde tudo isso vai dar
eu não sei.
Mas sei que com você
quero estar!

Maternidade

O PRIMEIRO RESPIRAR
É A CERTEZA
DE UMA LONGA EMOCIONANTE HISTÓRIA
DO MAIS BELO AMOR!

VIAJAR POR LETRAS | HÉLIO GUSTAVO ALVES

Limite da sensibilidade

Limite!
Tudo tem limite!
E qual é o seu ou o meu limite?
É difícil encontrar a escala de cada um.
Pois entendo que o limite chega quando ocorre
o abuso e todos seus sinônimos.
Enfim, o limite está no intolerável e no íntimo de sua
proporcionalidade que é desconhecido por si mesmo, além do
mais, depende de vários fatores e sentimentos do momento.
Para que qualquer relação social não chegue em
seu limite, é fundamental sempre prevalecer a
sensibilidade pelo respeito e zelo ao próximo.

O que me encanta?

Os atos,
exageradamente,
me encantam muito mais
do que belas palavras.

viajar por letras | Hélio Gustavo Alves

Porto seguro

Navegar pela vida
é buscar um porto seguro,
mas somente saberá se é seguro,
após a tempestade,
se ambos ficarem firmes
era seguro,
agora se o porto sumir,
não era tão seguro quanto parecia.
A vida é bela, continue navegando
e encontrará seu o lindo e sereno
porto seguro.

Sensibilidade poética

A poesia está em todos os lugares,
mas só irá lhe tocar,
se estiver dentro de você!

É COM VOCÊ!

Se não fosse você,
não conheceria o verdadeiro amor.
Se não fosse você,
as letras da poesia não teriam mais sentido.
Se não fosse você,
não enxergaria a luz no final do túnel do amor, da vida e da alegria.
Se não fosse você,
não seria quem hoje sou, seguro, feliz, e crente no amor.
Se não fosse você,
não mais casaria e sem dúvidas,
viveria sem viver o amor de enlouquecer.
Enfim, é com você que quero viver
por saber que sem você
eu vou morrer.

Decisão

O mundo oferta algumas rotas,
porém,
a direção é você que escolhe!

viajar por letras | hélio gustavo alves

Ponderação dos sentimentos

Emoção, Razão e Coração,
são indicadores conflitantes que juntos
causam uma enorme confusão.
Mas com os sinais diários,
se bem observados,
a calma fará com que
analise o passado,
visualize o futuro para então,
no presente,
tomar a melhor decisão.

Ela me faz despertar

Manhã fria de sol
desperto com o entrar
de luz e calor pela janela,
cama do tamanho do mar
vem o espreguiçar
mas o difícil é levantar!
Olhos abertos
metade da cama vazia e fria
eis que...
aroma de café passado, quentinho
invade o quarto, que me faz levantar.
Seria uma simples xícara de café
se não fosse ao me deparar
com ela a me esperar
numa mesa de encantar
cheia de amor para dar.
Ela sim, me fez despertar.

Morno ou poesia?

A vida é normal
se vivê-la
na segurança do confortável monótono
ou…
fascinante
se vivê-la apaixonadamente na poesia.

A cura

Nada, nada
cura mais
do que o tempo!

viajar por letras | Hélio Gustavo Alves

Qual será o final?

Num final de tarde,
mente no pôr do sol
que cai no extenso mar
me faz relembrar
o início, meio e ...
O fim não teve
por isso viajo no que foi
e o que vier...
será o reinicio ou realmente o fim de...
uma bela história.

Amor roubado

Me apaixonei por um amor roubado,
que não era meu e nem dela;
Ela não sabia como me amou
e como iria me amar e,
consequentemente,
eu não sabia se um dia
poderia deixar de lhe amar.

*Texto adaptado visto no instagram @tutextoservidor,
de autor desconhecido, o qual segue o original:*

*Me enamoré de um amor
que no era mío,
ni suyo;
no sabia amarse
y por consecuencia
tampoco supo amarme.*

Abrindo a mente

As ruas
nos dão respostas
que a mente
na sala de casa
não darão.

Sequestrou-me

Se…
a alma levitar,
o coração palpitar,
a voz embargar e
a pele arrepiar,
é este amor
que se deve…
eternamente beijar.

A DECISÃO É SUA

É tanta gente
dizendo que sua atitude
é loucura,
que você acaba achando que
é loucura,
e por um tempo você até se engana,
mas uma hora,
você enxerga
que a loucura
estava certa.
Mas aí, pode ser tarde!
Siga "seu eu" de verdade,
pois suas futuras dores, danos
e a falta de sono
é você que sentirá
e não os que lhe aconselharam!

AMO-TE

Posso ter errado,
cometido vários erros,
mas foi sempre para...
tentar lhe fazer enxergar
o quanto, o quanto, o quanto...
eu tinha para lhe dar
que é o meu inteiro amar.

Mas o meu maior erro
foi ter desistido de tentar
em deixar de lhe amar.
Pois o lhe amar,
nunca foi o meu errar,
na verdade foi
o meu mais profundo
despertar.

Tudo tem um tempo!

Tempo de lutar.
Tempo de buscar.
Tempo de caminhar.
Tempo até de desistir,
retroagir, respirar e analisar
para novos caminhos andar.

Amor de lareira

Aos pés da lareira,
na taça de vinho,
tenho que deixar
a poesia adentrar profundamente
em nosso beijar!

Viajar por Letras | Hélio Gustavo Alves

A decisão de viver é sua

Noites entram
dias passam
e sim,
a vida não esperará
você se decidir
a vivê-la.
É,
o tempo voa,
não por ser curto,
mas por…
parar no mundo
pela sua indecisão.

Ares poéticos a Itália

Escrevendo poesias
pelas vielas de Montepulciano,
respirando os ares da Toscana,
degustando a Idade Média
nos Vinos Nobile di Montepulciano
ou apreciando o por sol deitando
nas vinhas floridas e coloridas
do outono italiano,
somente vem ao papel,
letras da lembrança
de seus aromas,
perfumes, sorrisos e olhares
que só ela tem,
o que fez me render
e escrever somente sobre
o seu ser.

Pupilas de poesias

Com pupilas de amor,
o olhar da vida
será só de poesias
vividas e sentidas.
O olhar ao fundo de seus olhos,
o aroma de café,
a cor do vinho,
o toque,
enfim, tudo
será muito mais leve,
com arrepios e
tantricamente intensos.

(IM)PERFEITO SEM VOCÊ

Ao pé da serra
numa casinha de madeira
com sua lareira
e o fogão a lenha,
seria perfeito
somente se tivesse
seu coração
pela vida inteira.

Novos vasos de flores

Expectativas são criadas,
projetos idealizados,
sonhos no ar,
porém,
a vida prega uma peça e
nos leva para outros caminhos.
Vem o pensar: estava tudo tão certo, que houve?
Um vazio,
corpo e mente num furacão,
bagunça total nos pensamentos.
A tempestade vai passando,
novos horizontes aparecem,
qual será o futuro não sei,
mas tal passado nos ensinou
em quem e no que acreditar,
para assim poder escolher quem
juntos podemos
sonhar e caminhar.

Reciprocidade

Se não sonha com você, acorde!

Página virada

Um livro,
uma vez publicado,
não há como
excluir histórias ou
pessoas da vida do Escritor.
Ludicamente, tudo se eternizou.

Já na vida,
ainda que tais atitudes
fiquem eternamente na memória,
há como, ao menos,
excluir pessoas de sua vida,
Incluir outras
e viver
novas histórias e poesias.

Velas aos ventos, que ventos?

A vida direciona,
o destino lhe dá o sinal,
o universo conspira,
basta seguir o presente,
o futuro é certo...
Mas tens a opção,
o livre-arbítrio
de velejar contra os ventos,
porém o futuro....
Estará à deriva!

Irrecuperável

Era bruto,
foi lapidado,
brilhou e encantou.
Não zelaram e quebrou,
colaram, mas...
nunca mais
brilhou e encantou.

O princípio da elegância

Você tem todo o direito
de tomar qualquer atitude,
inclusive de magoar alguém…

Mas o mais belo e elegante
é ter o direito e não usar
por saber que fará
mal a alguém.

Mude!

Já perdeu uma oportunidade?
Refletiu?
Então mude!

Festa à fantasia da vida

Na entrada
todos são lindos e maravilhosos,
porém, na saída…
muitos perdem a máscara!

Nós

Sabemos que cada um
tem o seu mundo,
mas quero que o nosso
seja somente um.

viajar por Letras | Hélio Gustavo Alves

Caviloso

Nada mais belo,
emocionante e confortante,
quando as atitudes
confirmam suas palavras e
desmentem aquele que
tanto tentou lhe difamar!

Arrepios não me fascinam

Tem o aiiii!!!
Tem o hummm!!!
Tem o uiii,
que é bommm também.
Mas,
nada mais me fascina,
se concomitantemente
não tiver o
uauuu…
é simplesmente
demais!!!

Que cena vivemos?

Pensando em você,
sim, estou diariamente
perto de você.
Mas,
penso em você,
como se fosse uma cena
de um bom filme que acabou.
É, mas se fosse um bom romance,
não seria apenas um filme.

Encontros

Olhar tenta desviar,
a atenção desconcentra,
o corpo não para quieto na cadeira,
a taça de vinho seca,
desajeitado,
o vidro de azeite lambuza as mãos,
cai a mesa e o barulho desperta a atenção...
Vou lavar as mãos,
e o banheiro é o verdadeiro toilet,
lindo, repleto de espelhos e flores e
com um perfume maravilhoso.
Ufa, estou recomposto.
Ao abrir a porta... ela...
ao lavado externo!!!
Sem voz,
coração descompassado e
sem saber o que fazer...
Em meus olhos diz: Que belo prato pediste!
Respondo: Sim, mas já deve ter esfriado!!!
Pergunto: gosta de massa?
Ela diz: sim, mas gosto mais dos olhares desviados.
O toilet claro, espelhado e florido,
se apaga aos olhares então fechados
e as bocas se calam grudadas e molhadas.
A mesa que sozinha estava,
ficou completa noite afora,
com olhares mais fortes e quentes,
que intensificavam a cada taça.
Como sobremesa... Foram beijos...
Que derretiam ao calor da boca e ao final explodiam
com as bolhas geladas de espumantes...
Ah meu Deus... Onde vou parar???

Quero o seu eu verdadeiro

Não gosto de morno,
amo o quente ou o frio,
ao menos são definidos.

Os que estão em cima do muro,
não jogam em time algum,
a não ser em joguinho
egoísta e individual.

Gosto de olho no olho,
apertos de mãos firmes,
lágrimas mútuas,
gargalhadas do sucesso amigo,
de ressacas das dores choradas
e explosão de saudades.

O resto...
vai pra casa do KCT.

Viva!

A coragem para ser feliz
depende só de você...
Agir, assumir e viver...
Sem olhar o passado!

Viajar por Letras | Hélio Gustavo Alves

É ASSIM

O amor é tão
incondicional
que vai além do ser
rico ou pobre,
cabeludo ou careca,
gordo ou magro,
baixo ou alto,
analfabeto ou doutor,
não importa,
Papai é Papai!
E ele(a) é sim: o(a) melhor herói(na)!

Obs: pai não tem gênero, basta fazer as vezes.

Viajar no escritor

A literatura
nada mais é
do que um
turismo de cultura das letras.
É, eu amo viajar em você!

Futuro

Houve a programação,
não deu certo,
bate a tristeza!

Mas de repente...
eis que...
a vida nos manda
presentes surpreendentes!
É, a vida promete!!!

Amor de lareira

Em você,
nunca estive
tão quente no frio!

viajar por Letras | Hélio Gustavo Alves

Amor do Porto

Porto de Portugal,
com suas românticas pontes,
que passam as águas do Douro
que tantos amores ouve e vê por suas margens,
sim,
parece que o rio se emociona,
pois suas correntes brilham tanto
com os reflexos do pôr do sol,
da lua e das luzes das vielas,
que parecem olhos reluzentes
quando apaixonados de amor.

Porto não é só de Portugal,
mas sim,
dos amores vividos em Portugal.

Simples assim!

O verbo é ser e estar;
O local, pouco importa;
O vinho, desde que seco, ok;
O clima, que seja quente.
E a pessoa?
Ahhh… a pessoa…
Tem que ser ela,
só com ela!

Lhe compreenda!

Respeitar seu limite
é um direito e
não um fracasso.

Viajar por Letras | Hélio Gustavo Alves

Sinal!

Se a perspectiva é a mesma!!! Hummm!!!

viajar por Letras | hélio gustavo alves

Irrecuperável

Era bruto,
foi lapidado,
brilhou e encantou.
Não zelaram e quebrou.
Colaram, mas...
nunca mais brilhou e encantou.

Sentinela

As palavras enganam,
porém,
as atitudes desmascaram.

Passado do presente futuro

Olhar para trás
é importante sim,
para rever os erros
e cirurgicamente
gerir o futuro.

Espelho

Se pensarmos na frase:
"Que sejamos sempre
inspiração!"
Seus atos, automaticamente
serão sempre
de sucesso!

Degustar a vida

Comemorar as mínimas vitórias, demonstra que você valoriza e é grato, inclusive, aos pequenos presentes da vida!

Diferencial

O principal é importante
mas os detalhes,
te farão diferente.

Capital mundial do amor

São Salvador
Salva dor
Salva as dores
Salva!

Salva este lindo povo
das mais variadas dores.

Dá-lhes a devida ginga
para fugir das mandingas.

Eis que,
as bênçãos de São Salvador
e de todos os Santos caem
nas almas de todos baianos,
aflorando a dança, a música e a ginga,
que juntas,
formam a capoeira de Angola,
que encanta o Brasil
e mundo afora.

Como é lindo e emocionante
estar com os baianos
das cores,
dos sorrisos,
do cantar
e de encantar.

Sim, este é o baiano
em que pese a histórica dor,
ao invés do ardor,
nos recebe
com o calor
do Amor.

Bahia é a verdadeira lição
de que a dor
pode ser
transformada em
amor e emoção.

AMIGOS

Na verdade,
você conhece as pessoas
na dor,
na necessidade,
no fracasso,
na fragilidade e
nestes momentos os que se afastam…
esqueça-os,
os que lhe acolhem…
perpetue-os.

Metamorfose

O PASSADO...
Foi-se, aprenda com ele.
O PRESENTE...
É o novo recomeço diário, atente-se e não desperdice-o,
O FUTURO
será o resultado de suas ações e das atitudes
do hoje.
Viva o hoje com o olhar no amanhã!

Livramento

Nem tudo é como se planeja,
aceite, por vezes não era para ser!
Tenha calma e fé,
Deus lhe trará sempre
os melhores resultados.

Arco-íris

Quando o amor existe,
não há abismo que não
possa ser atravessado.

viajar por letras | hélio gustavo alves

Livre de surpresas

O passado desencanta
quando o presente desaponta…
Ao menos no futuro,
surpresas não ei de encontrar.

Infância resgatada

Quanto deixei de brincar,
de me lambuzar,
tomar banho de chuva,
entre outras estripulias
só porque os adultos
diziam que era tarde, perigoso ou iria me resfriar!
Pois é,
não tenho mais como voltar no tempo,
mas posso deixar
meus filhos e as crianças que estão ao meu redor
serem CRIANÇAS... apenas crianças...
e com seus sorrisos
viverem a infância que nos foi usurpada
em vários momentos
que poderiam ter sido mágicos e inesquecíveis em minha vida.

Crianças, sempre sejam crianças!

Arrepio

O beijo...
seja de sopro,
no rosto,
nas mãos,
quente,
molhado,
na boca
ou deslizado pelo corpo
é muito mais beijo e quente...
quando se dado
apaixonado.

O recomeço faz parte!

Para ser empreendedor,
precisa ter antes de tudo,
maturidade e estabilidade psíquica
em caso de quebra,
levantar a cabeça para…
recomeçar, recomeçar e recomeçar
até emplacar!

LADO A LADO A

Encontros e
desencontros,
pessoas saem e
entram em nossas vidas
numa dinâmica ímpar e
inexplicável, sim
entrar é fácil,
mas para se manter,
só com respeito,
e é na saída
que realmente
se conhece a pessoa.
Mas enfim, pare e pense:
Em sua vida, teve
mais ou menos pessoas
Decepcionantes?
Pois é, eu graças a Deus tive
muito mais pessoas maravilhosas
em minha vida e por isso
acredito em Lulu Santos
quando diz em sua música:
"Eu vejo um novo começo de era
De gente fina, elegante e sincera
Com habilidade pra dizer mais sim que não"
A vida é bela sim,
porém, com algumas lombadas na estrada,
que te faz reduzir no seu viver e
ninguém tem o poder de fazer você
parar de ser feliz.

Neste oriente,
só Deus pode
de lhe parar de viver,
mas te levará para um lugar
muito melhor.
Apague da memória os maus,
destaque o bom e os bons e
viverá muito mais leve e feliz.

Covardia

Tem algo pior
do que alguém
falar de você pelas costas?
Sim!
É a pessoa acreditar,
sem dar a oportunidade de ouvir sua versão.

De verão a verão

O verão chegou,
as estrelas brilham, brilham tanto
que refletem no olhar do amor,
o sol
deixa nossos corpos
dourados e apimentados
que aguçam as paixões…
aquelas de ardor.
É,
atravessamos a estação e
fomos parar no inverno,
pensei que iria esfriar, porém,
nosso amor esquentou e acendeu
mais que aquela lareira
que tanto nos amamos
molhados, suados, onde
relaxados ali dormíamos
agarrados e apaixonados.
Pois é, estações passaram e
cá estamos…
Sim, era, é e sempre será amor.

Ele não falha

E quem é de verdade fica,
os de mentira, serão desmascarados
e logo
sairão de sua vida.
Ficamos tristes,
mas entenda o presente de Deus
que lhe tirou a negatividade se sua vida!
Seja grato e fique feliz com o grande Arquiteto do Universo...
Que é Deus.

Trust in vibes!

Confie nas energias,
abra o canal para das boas receptividades,
não se preocupe com as ruins,
tem quem lhe protegerá,
alguém que é de verdade ou Ele
farão sua defesa.

Fim

O mais engraçado disso tudo
é isso tudo.
Prazer, vida!

editoraletramento
editoraletramento.com.br
editoraletramento
company/grupoeditorialletramento
grupoletramento
contato@editoraletramento.com.br

editoracasadodireito.com
casadodireitoed
casadodireito